ようふくなおしの モモーヌ

片山令子・作　さとうあや・絵

のら書店

もくじ

1　モモーヌのおみせ

あるところに、シナモン村《むら》という村《むら》がありました。シナモン村《むら》の土《つち》は、おかしにいれるシナモンのように、おいしそうな赤《あか》っぽいちゃいろをしていたので、そうよばれていました。

村《むら》のはずれにあるおかの上《うえ》に、ぽつんとひとつ、

『モモーヌのみせ　たいせつなようふくなおします』

という、かんばんがかかったいえがありました。それは、きつねのモモーヌのおみせでした。

モモースのみせ
たいせつな
ようふくなおします

いえの南《みなみ》がわにあるおみせには、はさみやはりさしや糸《いと》やメジャーがおいてある、大《おお》きなテーブルがありました。テーブルのうしろのひきだしには、ありとあらゆるいろや、しゅるいや、大《おお》きさのきれが、まるでにじのようにならび、リボンもボタンも、それはたくさんありました。

ようふくなおしにやってきたひぐまのルルが、大《おお》きなテーブルの上《うえ》にピンクのワンピースをひろげながら、

「ああ、中庭《なかにわ》っていいものねえ」

と、いいました。

おみせのおくにあるまどのむこうには、小《ちい》さい中庭《なかにわ》がみえます。中《なか》庭《にわ》のまわりにはろうかがあって、へやがあとふたつありました。

モモーヌはうれしそうにいいました。

「中庭《なかにわ》のあるいえにすみたかったの。まえのいえのときに、そとにほしていたたいせつなふくを、かぜにとばされてなくしたことがあって。中庭《なかにわ》があれば、とばされにくいでしょ」

「でも、入《い》り口《ぐち》が小《ちい》さいのはこまるわねえ。はいるのがたいへんだったわ。わたし、どんどん大《おお》きくなるのよ……」

「入《い》り口《ぐち》はなおせないけど、ワンピースは大《おお》きくなおせますよ。ふくをたいせつにすると、こんどはふくがあなたをつつんで、まもってくれるのよ」

「そうなのよ。これをきると、いつもうきうきたのしくなるの」

モモーヌは、ひぐまのルルがかえると、ワンピースにたす、ピンクいろのぬのをさがしました。そして、ピンクいろのしるしがついたひきだしをあけていきました。

「これはどうかしら……。よかった、ぴったり。ああ、なつかしいな。町《まち》にいたころに、おみせでつくったワンピースの、のこりのきれだわ。とっておいてよかった」

モモーヌはすこしまえ、とおくの町《まち》の、ようふくをつくるおみせではたらいていました。きれもかたちもえらんで、ひとりひとりにぴったりあったふくをつくるおみせです。でも、だんだん、おきゃくさんがいなくなって、おみせはなくなってしまいました。町《まち》のみんなが、おなじできあいのやすいふくをかって、いたんだらすぐすてるようになったからです。

「おみせでいらなくなったピンクのはぎれさん。あれからわたしも、町《まち》でいらなくなったおはりこよ。でも、とうとう、わたしはこのシナモン村《むら》をみつけたわ。この村《むら》では、ふくをたいせつになおしてずーっときているの。それがね、うふふ、みんなとてもぶきようなのよ。そこで、わたしのでばんよ。さあ、いっしょにはたらきましょうね」

モモーヌはピンクのはぎれと、ピンクのワンピースをむねにだきしめました。

つぎにやってきたのは、このあたりではみかけないおおかみでした。

「こんにちは。ともだちのひぐまのルルに、ようふくをじょうずになおしてくれるところがあるってきいて、とおくの町《まち》からきましたの。このドレスなんですけど、あちこちいたんでしまって」

モモーヌはそのドレスをみて、はっとしました。それは、フリルのえりがついている、くものようにやわらかい空《そら》いろのドレスでした。

「このドレス、どこで、てにいれましたか」

モモーヌは、どきどきするむねをおさえてききました。

「これ、しりあいのふくろうにもらったの。三年《ねん》まえになるわ。町《まち》のちかくの川《かわ》におちてたんですって。すっかりどろんこでね。でも、ていねいにあらってみたら、それはすてきなドレスだった。なくしたかたは、さぞかしがっかりだろうと、さがしまわったけど、だれのかわからなかったの」

「三年《ねん》まえ……。ああこれは……」

「もしかしたら……。あなたのドレス？」

「ええ、むかし町《まち》にすんでいたころ、かぜにとばされて、なくしたんです」

「ああ、おどろいた。よかったわ。たいせつにたいせつにきたのよ。ふしぎなんです。このドレスをきると、しらないまにうたをうたってるのよ」

「これは、歌手《かしゅ》だったおばあちゃんのドレスなんです。うたをうたうときにだけ、きたんですよ」

おおかみは、空《そら》いろのドレスをかえしてくれました。モモーヌはおれいに、空《そら》いろのドレスによくにた、ふわふわした空《そら》いろのスカートと、やきたてのマドレーヌをあげました。

夜《よる》になりました。

モモーヌは、ていねいになおした空《そら》いろのドレスをきて、中庭《なかにわ》にでました。すると、しらないまに星空《ほしぞら》にむかって、うたをうたっていました。

たいせつな　ようふくなおします♩
ふくを　たいせつにすると♪
こんどは　ふくが　あなたを♩
やさしく　つつんでくれますよ♩

ぱらぱらぱらぱら！　星空《ほしぞら》はきらきらひかるながれ星《ぼし》で、はくしゅをしてくれました。

2　りすのピッチ

あるひ、モモーヌのおみせに、子《こ》どものおきゃくさんがきました。

「ねえ、やぶけちゃったの。なおして」

やってきたのは、みどりいろのワンピースをきたりすの女《おんな》の子《こ》でした。りすの子《こ》にしては大《おお》きくて、とてもげんきな子《こ》でした。

「ああ、ずいぶん大《おお》きなかぎざきだわねえ。なににひっかけたの？」

「わかんない」

「右《みぎ》のそでの下《した》も、ほつれてる」

モモーヌは、あちこちぶきようにつくろってある、みどりいろのワンピースをみて、ほほえみました。

「これがすきなんだもん。すぐなおして」

「ぬがなきゃなおせないわね……。小《ちい》さいふくはないし。そうだ、このわっかにした毛糸《けいと》のたばをまきつけるのはどう？」

「あれ？　おもしろいや。ふくになった！」

りすの子《こ》は、ピッチというなまえでした。

「あのね、きょう、クルミがとれたんだ。あげるね。ことしはシナモン村《むら》のまわりの森《もり》の木《き》のみがすくなくて、みんなとおくの森《もり》までとりにいくの。それで、うちにはだれもいないんだ」

モモーヌは、毛糸《けいと》のたばをまきつけたピッチをみて、こういいました。

「じゃあ、ワンピースをなおしおわったら、中庭《なかにわ》で、おやつをたべましょうか」

モモーヌは、ワンピースをなおすと、おちゃのよういをしました。

「中庭《なかにわ》っていいな」

おちばが金《きん》いろのひかりのようにふってきました。

「あっ、やねになにかひっかかってるよ」

「そうなのよ。ピッチ、やねにのぼれる？」

「うん！」

ピッチは、するするするっと、あっというまに、やねにのぼっていきました。それは、やねのよすみにある、モミの木《き》のかたちのかわらに、ひっかかっていました。

「あれ？　これ、なんだろう。」

やねにあったものをていねいにあらうと、下《した》からきれいないろがでてきました。

「うわーっ、これは金《きん》のくびかざりね。お月《つき》さまみたいなかざりを、くさりでさげてある。」

モモーヌは、それを中庭《なかにわ》のテーブルにおきました。

「きれい、きれい！」

ピッチは、テーブルのまわりをはねまわりました。

「あら？　このお月《つき》さま、ふたがあく……。中《なか》になにかはいってる。てがみだわ！」

ふたはろうでふさいであったので、てがみはきれいなままでした。小《ちい》さい小《ちい》さいてがみには、こうかいてありました。

このいえにすむかたへ
わたしがこのいえをたてました。
中庭《なかにわ》は、きにいりましたか。
かならずくる朝《あさ》のように
あなたに、くりかえし
しあわせがきますように。

「これは、ずいぶんむかしのてがみね。ピッチはなにかしってる？」

「このいえ、ずっとあきやだったんだよ。おかにぽつんとたってるから、いつもさみしげだったんだ。そうだ、おもいだした。むかし、女《おんな》のきつねの村長《そんちょう》さんがいて、その村長《そんちょう》さんがつくったいえなんだってきいたよ」

「そう。きっとすてきな方《かた》だったんでしょうね」

モモーヌは、金《きん》のお月《つき》さまの中《なか》にてがみをもどし、ろうでしっかりふうをしました。

「ピッチ、金《きん》のお月《つき》さまのくびかざり、またやねにかけてくれる？」

「うん、いいよ！」

ピッチはやねにのぼって、モミの木《き》のかたちのかわらにかけました。

「ああ、すてき！　いつもいえに小《ちい》さいお月《つき》さまがいるみたい」

いえのそとにおいてあるベンチからは、シナモン村《むら》がみわたせました。空《そら》もおかも、くらやみにしずんでいます。

「ピッチ、きょうはありがとう。あなたのおかげで、たからものがみつかったわ」

「うん。あたしも、たのしかった」

するると、そのとき、空《そら》の下《した》のほうに大《おお》きなあかりがともりました。

「あっ、いちばん星《ぼし》かしら」

「星《ほし》じゃないよ」

あしもとのシナモン村《むら》に、すこしずつあかりがともっていって、やがて夜空《よぞら》の星《ほし》のようにいっぱいになりました。

「みんながかえってきたんだ！　あたし、かえるね。さよなら」

「さよなら、きをつけてね」

ピッチはかえっていきました。あたたかいあかりがついているいえにむかって、ぴょんぴょんはねて、はしっていきました。

3　ぶかぶかのオーバー

シナモン村《むら》につめたいかぜがふきはじめました。たいようが西《にし》にしずんだあとのまだ青《あお》い空《そら》に、ひとつ大《おお》きな星《ほし》がひかりました。

シナモン村《むら》は、とても星《ほし》がきれいにみえる村《むら》で、モモーヌのいるおかのてっぺんには、星《ほし》をみるための星見台《ほしみだい》がありました。

「ああ、またあのおじいさんだわ」

このごろ、よく星見台《ほしみだい》にくるおおかみのおじいさんがいて、みるたびにどんどんやせていくのでした。

星見台《ほしみだい》にたって、しばらく星《ほし》をみていたおじいさんは、おかをおりてきました。

モモーヌは、かんばんをなおすふりをして、はなしかけました。

「こんばんは。よく星《ほし》をみにいらっしゃるんですね」

「おお、ようふくなおしのモモーヌさんだね。うちのおばあさんは西《にし》の空《そら》にひかる金星《きんせい》がすきだった。秋《あき》にしんでしまって、むねにあながあいたままさ。でも、ここにくると金星《きんせい》がそのあなに、ぴったりふたをしてくれるんだよ」

「まあ、おくさんをなくしたんですね……。そうだ、あたたかいおちゃをいかがですか」

「ほう、それはいい」

おみせの大《おお》きなテーブルのはしで、ふたりはおちゃをのみました。

ショウガとシナモンとハチミツをいれたミルクティーです。

「ずいぶんたくさんの、糸《いと》やきれがあるんだねえ。このオーバー、ぶかぶかになってね。かぜがひゅうひゅうはいるんだ。ぴったりに小《ちい》さくしてくれないかい」

「すてき。ておりのウールだわ。したてもすばらしいです」

モモーヌは、おじいさんのやせてしまったからだのサイズをはかり、すぐにはなおせないからと、かわりのオーバーをきていってもらうことにしました。

「これがいいわ。あたたかいいろをきると、あたたかくなるんですよ」

モモーヌは、まっ赤《か》なオーバーをえらびました。

「こんな赤《あか》いのを？　でもああ……ぴったりだ。これはあたたかい」

こうしてジルおじいさんは、金星《きんせい》をみにおかへいくたびに、モモーヌのいえによりました。

「きょうは、あたたかいスープとクルミをどうぞ。このクルミはここへようふくをなおしにくる、りすのピッチという子《こ》がくれたんです」

「ことしは木《き》のみがすくなかったね。きょうは、きょねん、おばあさんがつくったイチゴジャムをもってきた。まえは、ふたりでざっかやをやっていたんだよ」

モモーヌは、赤《あか》いオーバーにあわせて、あかるいはいいろのぼうしを

かしました。

「青《あお》いかけすのはねをさしましょう」

赤《あか》いオーバーをきたおじいさんは、村《むら》で、とてもめだちました。ピッチは、その赤《あか》いオーバーが、モモーヌのオーバーだとしっていました。

それである日《ひ》、しめたさむいざっかやさんの中《なか》で、なにかをさがしているおじいさんにはなしかけました。

「おじいさん。モモーヌさんの赤《あか》いオーバー、にあってるわ。すてきよ」

「あっ、きみは、ピッチっていう子《こ》だろ？」

ふたりはすぐになかよくなり、木《き》のみのハチミツづけのびんをもって、いっしょにモモーヌにあいにいきました。

「これ、きょねんの木《き》のみなんですね。おくさんがつくったびんづめ、まだたくさんあるんですってね」

モモーヌがいうと、ピッチもいいました。

「びんづめをうったら、みんなよろこぶよ」

おじいさんは、うれしそうに下《した》をむいて、うーんといいました。

「そうだ、オーバーはなおりましたか」

すると、こんどはモモーヌが下《した》をむいて、

「いいえ。まだなんです」

と、いいました。

そのかわりに、おみせの大《おお》きなテーブルのはしには、あたたかいミルクティーと、スープとマロンケーキがならんでいました。

ある日《ひ》、おじいさんは、あちこち糸《いと》がほつれた青《あお》いエプロンを、六まいもってきました。

「きれいになおりますよ。おみせをはじめるんですね！」

「うん。一まいをはんぶんにして、小《ちい》さいエプロンができるかなあ」

「ええ、二まい、できますね」

モモーヌは、そばにいたピッチにわらいかけました。

しばらくして、おみせがはじまりました。

「いらっしゃい。モモーヌさん」

またはじめたざっかやさんで、青《あお》いエプロンをかけたジルおじいさんがいいました。ぴょんとでてきたのは、小《ちい》さい青《あお》いエプロンをしたピッチでした。

「いらっしゃーい。モモーヌさん！」

「かんばんに、金星《きんせい》をかきくわえたのね。ああ、すてきなおみせですねえ……。はい、やっとオーバーができましたよ」

ジルおじいさんは、さっそくオーバーをきてみました。

「あんなにぼろぼろだったのにねえ。まるで、あたらしいオーバーみたいだ！　小《ちい》さくしてもらったから、ほおら、ぴったりだ」

「それがね、きれいにしたけどオーバーの大《おお》きさは、そのままなんです。

やせていたジルさんが、もとの大《おお》きさにもどったんですよ」

「そうか！　モモーヌさんのおちゃやケーキやスープが、おいしかったからだね」

ピッチがいいました。

「そうかそうか。そうだったのか」

ジルおじいさんは、うっすらなみだをうかべてわらいました。

4　ゆきだるまのようふくなおし

りすのピッチは、ともだちのロッコという男《おとこ》の子《こ》をつれて、モモーヌのおみせに、あそびにくるようになりました。りすにしてはとても大《おお》きいピッチと、あなぐまにしてはずいぶん小《ちい》さいロッコは、おなじくらいの大《おお》きさでした。

ロッコのおかあさんは、びょうきでいつもベッドでねています。それで、さみしそうなロッコを、ピッチがよくさそいだすようになったのです。

ふたりは、毛糸《けいと》を玉《たま》にするのをてつだったり、さまざまないろのきれを小《ちい》さいのと大《おお》きいのにわけて、ひきだしにいれていくのも、てつだいました。

「これはピンクの小《ちい》さいきれのところ、これはきいろで、大《おお》きさは、えーと、ここかな」

ピッチは、はしりまわりながら、ひきだしにきれをしまっていきます。でも、ロッコはなんでもゆっくりでした。

「えーと、うーんと。これはみどりかなー、それとも、きいろかなー。うーんと、これは赤《あか》かなー、それとも、ピンクかなー、どっちかなー」

でも、毛糸玉《けいとだま》をつくると、ていねいだから、とてもきれいにできるのでした。

さむくなってきたある日《ひ》、三にんは、中庭《なかにわ》のテーブルでおちゃとケーキをたべました。

「おいしい！　さむいけど中庭《なかにわ》でたべると、なんでもおいしくなるな」

げんきなピッチは、中庭《なかにわ》にいると、もっとげんきになります。

「ここにー、ゆきがふったらすてきだねー」

ロッコも中庭《なかにわ》がきにいっているようです。

「あのね、ゆきだるまのふくやぼうしやマフラーをなおすしごとがきたのよ。おまつりのときにきせるんだけど、ぼろぼろだから、ずっときせなかったんですって。ゆきのふるまえになおさなくちゃ」

それからしばらくたった、はじめてシナモン村《むら》にゆきがふった朝《あさ》のことでした。ゆうびんどりのかけすがコンコンと、モモーヌがねているへやのまどガラスをたたきました。

「大《おお》いそぎの、てがみだよ。おまつりのしらせだよ」

さあたいへん。シナモン村《むら》では、はつゆきの日《ひ》のおひるに、ゆきだるまのおまつりをするのです。ふくがまだできあがっていないのをしっているピッチとロッコが、かけつけてくれました。

「あたし、てつだいにきたよ」

「ぼくもー」

「うわー、うれしい。さあ、まず、できたのをならべてみようか」

いちばん大《おお》きいゆきだるまの、うわぎとマフラーとぼうしのいろは赤《あか》。そのつぎはだいだいいろ、そのつぎはきいろ、そのつぎはみどり、じゅんじゅんに小《ち》さくなるにじの七いろでできていました。むちゅうでなおしていって、とうとうできあがりました。空《そら》をみると、ゆきはすっかりやんで、おひさまがちょうど空《そら》のまん中《なか》にのぼったころでした。

「いそがなきゃ！」

モモーヌは、ピッチにもロッコにもふくをもたせて、おかをくだります。でも、おかにはゆきがたくさん

つもっていて、うまくあるけません。

「えーい、こうすればいいよ」

ピッチはむりやりとびはねて、はやくいこうとしました。

すると……。

「あーっ！」

ころんころんぽーん、ころんころんぽーん。

ピッチはゆきの玉《たま》になって、おかをころがりはじめました。

「あー。ピッチがー」

そういうロッコも、ごろんごろんぼーん、ごろんごろんぼーん。

「あーっ、たいへん！」

モモーヌも、ごろーんごろーんばふん、ごろーんごろーんばふん。

おかの下《した》には、ゆきだるまが七つならんでいました。

そして、みんながおどろいて、おかをころがりおちてくる三つのゆきの玉《たま》をみあげています。

「きゃーっ、ぶつかるーっ！」

ころころ、ごろごろ、ごろーん、どしーん！

三つのゆきの玉《たま》が、七つのゆきだるまのれつにぶつかりました。

「あっ。なにかはいってるよ！」

「モモーヌさんと、ロッコとピッチだ！」

それからみんなで、ゆきだるまのおまつりのよういをしました。

「この、いちばん大《おお》きい子《こ》の、毛糸《けいと》の赤《あか》いぼうしをみて。ひものさきに毛糸《けいと》のグミのみをつけたの。ね」

モモーヌがピッチとロッコをみてわらうと、

「うん。木《き》のみがいっぱいなるようにね。花《はな》とちょうちょのかざりもつけたんだ」

ピッチがいうと、ロッコもいいました。

「はちもー、いるよー」

それから、ゆきだるまのおなかに、あなをつくって、クルミやクリやグミやヤマブドウや、いろいろなおい

しい森《もり》の木《き》のみをいれました。そしてみんなで、

「空《そら》からきたおきゃくさま、ゆきだるまさん。かえったら、森《もり》に木《き》のみがたくさんなるように、空《そら》にたのんでくださいね」

と、いいました。

ゆきだるまは、すてきなようふくをきてうれしそう。らいねんは、きっとシナモン村《むら》のまわりの森《もり》に、木《き》のみがいっぱいなるでしょう。

5　くものキアラ

ある朝《あさ》のことでした。中庭《なかにわ》にむいたガラスまどのむこうに、大《おお》きなくものすがかかっていました。

「わーっ、きれい！」

モモーヌは、くものすがあまりにきれいだったので、おどろきました。糸《いと》と糸《いと》がまばらなふつうのくものすとは、ぜんぜんちがっていました。まるでレースあみのようにみごとなのです。いいえ、レースあみよりもきれいでした。糸《いと》がおひさまのひかりをうけて、にじいろに

きらきらかがやくからです。

「きれい？」

小《ちい》さい小《ちい》さいこえで、だれかがいいましたが、モモーヌがまどからはなれたあとでした。

まどのふちにいたのは、くもでした。からだがそらまめほどある大《おお》きなくもは、からだも手足《てあし》もぎんいろで、つくりだすくものすとおなじ、にじいろにきらきらひかる、それはうつくしいくもでした。

モモーヌは、いくつものようふくなおしのしごとをしあげたところで、ほっとしていました。

「レースあみがしたくなったわ。まどにあったきれいなくものすのせいかしら」

モモーヌは、白《しろ》いレースあみの糸《いと》をだしてきてあみはじめました。

「ゆきのけっしょうのかたちにしようかしらね。シナモン村《むら》のふゆはながくてさむい。でも、とてもきれい」

モモーヌは、町《まち》でくらしていたとき、ゆきのけっしょうなんて、みようとしたことがありませんでした。いまでは、黒《くろ》いきれと虫《むし》めがねをよういしておいて、ひとつひとつみんなちがうゆきのけっしょうをみるのがたのしみでした。スケッチもたくさんしてありました。

レースあみをはじめたつぎの日《ひ》、まえにかかっていたくものすと、ちがうくものすがかかっていました。

「また、くものす。まえよりも、もっときれいになってる。あら？　これ、大《おお》きなゆきのけっしょうみたいだわ」

くものすをみて、モモーヌがはじめたゆきのけっしょうのレースあみを、こんどはくもがまねをして、すをつくったのでした。

モモーヌが、じーっと、くものすをみていると、おはよーっといって、ピッチとロッコがやってきました。

ふたりは、くものすをみるなり、

「うわーっ、きれい！　ゆきのけっしょうのくものすだ」

「こんなにきれいなのー、はじめてみたー」

すると、

「きれい？」
と、小《ちい》さい小《ちい》さいこえがしました。まどのちかくにいたふたりには、
それがきこえたのです。
「きれい？　って、だれかがいったよー。わー、くもだー」
ロッコは、まどからとびのきました。
「どくぐもじゃないから、だいじょうぶよ。わたしのすをみて、三か
いもきれいっていってもらってうれしいわ。ひさしぶりなのよ」
くものこえは、まえより大《おお》きくなって、モモーヌにもきこえました。
「あなただったの。まあ、そらまめくらい大《おお》きいわ。そしてきらきら
ひかるぎんいろ。ダイヤをちりばめたブローチみたい。ああ、なんて
きれいなくもなんでしょう！　さあ、中《なか》にはいって」
くもはキアラというなまえでした。ずっとだれともはなしていな

かったので、こえがかすれていたのですが、だんだんききとれるようになりました。すずのようにすんだ、きれいなこえでした。

「みんな、くものすなんて、どれもおなじっておもっているのよ。きれいだってことが、だいじなの。わたしにはね」

モモーヌもピッチもロッコも、うんうんとうなずきました。

「きょうはみんなで、ゆきのけっしょうのレースあみをしましょう。

キアラさんもね」

くものキアラには、いちばんほそいあみぼうのさきをきって、小《ちい》さいあみぼうをつくりました。

キアラはおどろくほど、すぐにうまくなりました。

「そうだ、これからロッコのおかあさんのところへいきましょう。カーディガンのなおしを、たのまれているの。キアラさんもきてね」

モモーヌたちは、おでかけようのさいほうばこをもってでかけました。

「すてきなスミレいろのカーディガンですね。まず、虫《むし》くいのあなをなおしましょう」

モモーヌは、さっそく、ロッコのおかあさんのいちばんすきなカーディガンをなおしていきました。

「このきれいなぎんいろのくもは、きょうからわたしのみせのレースがかりよ。ね、キアラ。スミレの花《はな》をあんでくれる？」

キアラは、カーディガンよりすこしこいスミレいろの糸《いと》で、すぐにあみはじめました。さっきまでは、ただの糸《いと》だったのに、キアラのてのさきから、ひとつひとつスミレがうまれていきました。

「まーっ。なんてじょうずなんでしょう」

ロッコのおかあさんがいいました。

「ほんとのスミレみたいね！　じゃあ、わたしがつけていくわね」

そして、カーディガンはできあがりました。

モモーヌはいいました。

「ベッドからおきてくるときに、きてくださいね。スミレの花《はな》にかこまれたみたいに、きもちがあかるくなりますよ」

「ああ、きれい。うふふ。うれしいわ」

おかあさんは、ベッドからおきてきて、スミレのカーディガンをきました。

「わらったー。おかあさんがわらったよー」

ロッコは、おかあさんにぴったりくっついて、うれしそうにいいました。

6　五つのかぎ

モモーヌは、朝《あさ》おきたとたんに、いいことをおもいつきました。

「そうだ、ジルおじいさんのおみせの青《あお》いエプロンに、金星《きんせい》のししゅうをしてあげよう」

そして、モモーヌは、すぐジルおじいさんのおみせにいって、エプロンをあずかってきました。レースがかりのキアラはししゅうもじょうずです。

「わたしも金星《きんせい》が大《だい》すきなの。金《きん》の糸《いと》をつかいましょう」

と、ふたりでうきうきしながら、どんどんししゅうをしあげていきました。そして、左《ひだり》のむねにひとつ金星《きんせい》がついた、青《あお》いエプロンができあがりました。モモーヌは、キアラをかたにとまらせて、ジルおじいさんのおみせにエプロンをとどけにいきました。ジルおじいさんは、

「ああ、なんてきれいなんだ！」

と、おおよろこびで、エプロンをしました。

「わーい、金星《きんせい》がついてる」

「ぼくのもー、あるねえー」

おみせをてつだっているピッチとロッコも、さっそくエプロンをしました。ロッコもおみせをてつだいはじめていたのです。

「ふたりとも、モモーヌのおみせも、てつだってね」

モモーヌはわらっていいました。

「そうだ、ピッチ。ルーナさんをよんできて。たのまれていたんだよ」

ジルおじいさんがいうと、ピッチはぴゅんとおみせをでていきました。そしてしばらくすると、むねに白《しろ》い三《み》か月《づき》のしるしがあるくまをつれてきました。

「モモーヌさん。村長《そんちょう》のルーナさんです。きょうはおねがいがひとつあるのです。このまくを、なおしてもらえないでしょうか。だいぶいたんでしまってね」

「ああ、これはクルミホールのまく

ですね。」

　モモーヌは、テーブルにおかれたまくをひろげながらいいました。クルミホールはクルミの木《き》でできた、クルミのみのかたちにそっくりな小《ちい》さなホールで、ぶたいがあって、そこにかかっていたのが、このふるいまくでした。

「いいわ。やってみましょう。」

「ああ、よかった。じつは、あなたがおかのいえをかりてくれたから、お金《かね》がたまりました。それで、まくをなおすことにしました。いままではみなすぐにでていってしまったんです。まわりになんにもないからさみしいっていってね」

　モモーヌがかりているいえは、シナモン村《むら》がもっていたのです。

「それから、はい、この小《ちい》さい五つのかぎをおわたしします。おかのいえをたてたのは、まえの村長《そんちょう》です。六か月《げつ》いじょうすんでいること、わたしが、かりたかたを、いいなあとおもっていること。このふたつがそろったら、このかぎをわたしてね、とたのまれていたのです」

ルーナさんは、うれしそうにいいました。

「そうですか。まえの村長《そんちょう》さんは、わたしとおなじ金《きん》いろの毛《け》のきつねだったんですってね」

「そう。金《きん》いろきつねの村長《そんちょう》さん、マリーさんです」

モモーヌもうれしくなって、かぎのたばを、ちゃりちゃりんとならしました。

「どこのかぎかしら」

「あっ、あたししってる。中庭《なかにわ》にむいたろうかのまどの下《した》に、五つかぎあながあるのよ。いこういこう。ロッコもいこう！」

モモーヌは、キアラ、ピッチ、ロッコといっしょに、五つのかぎとまくをもって、いえにかえりました。

ピッチが、ろうかのかべの、ペンキではんぶんかくれていたかぎあなに、かぎをいれると、小《ちい》さいとびらがひらきました。中《なか》は小《ちい》さいはこになっていて、なにかはいっていました。

「あっ、金《きん》の星《ほし》だ」

「ああ、きれい！　これはほんとの金《きん》だわ」

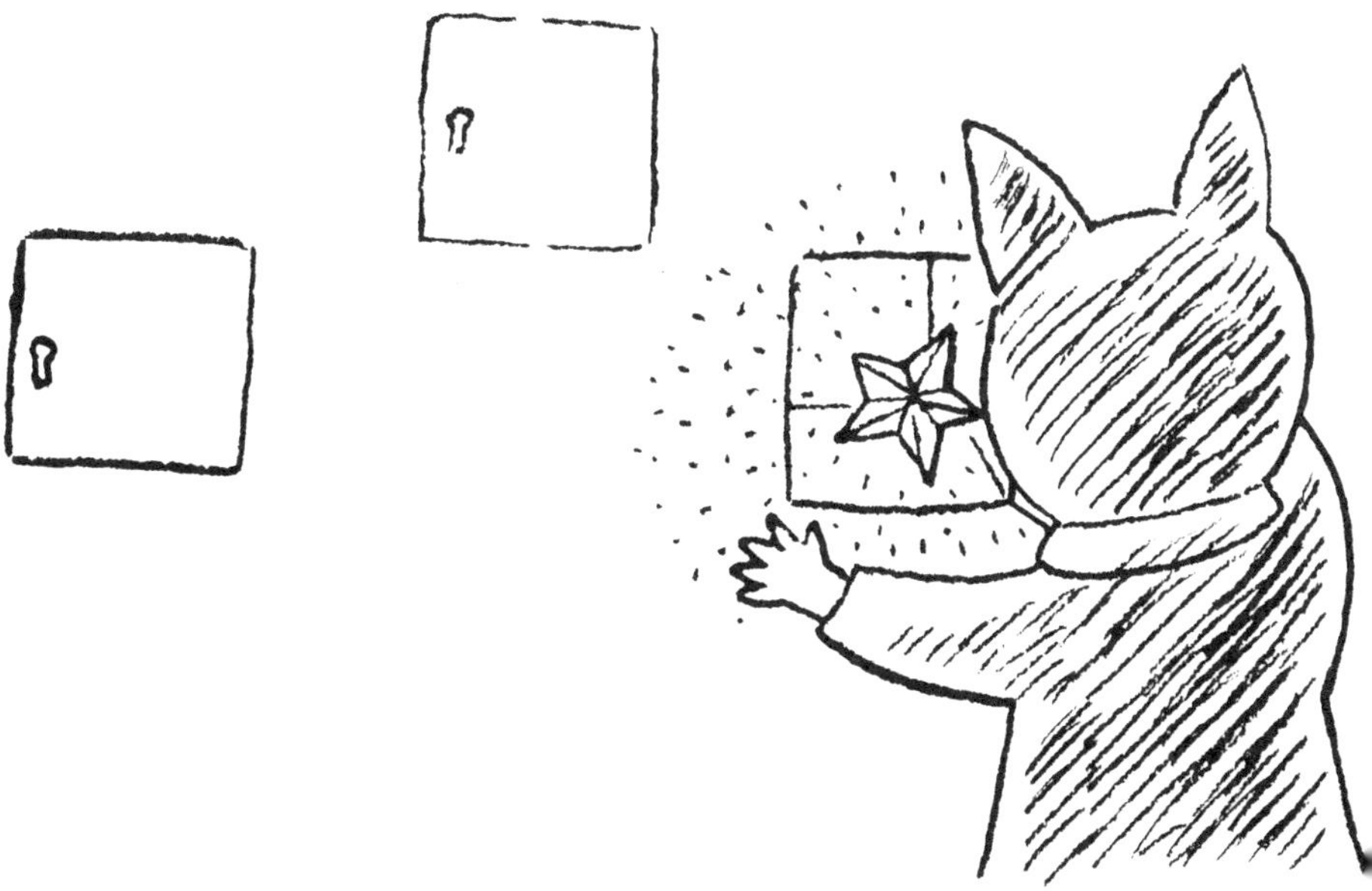

モモーヌのてのひらにのるくらいの星《ほし》はどっしりおもく、やさしくひかっていました。つぎつぎにかぎをあけていくと、なまりにきれいないろをつけた小《ちい》さいいいえや木《き》や、子《こ》どものきつねやあなぐまやりすや、ゆきだるまがでてきました。

「ああ、かわいいわねえ」

モモーヌは、だんろに火《ひ》をいれて、そのうえに、おもちゃと星《ほし》をならべました。

「ほんとの金《きん》はきらきらが、ずーっとえいえんにかわらないのよ。空《そら》の金星《きんせい》とおなじね。さあ、クルミホールのまくをなおしましょう」

そして、みんなでまるくなって、みどりいろのまくのほつれや、たくさんの花《はな》やちょうちょやはちのししゅうを、ひとつひとつなおしていきました。

「なんてすばらしい、ししゅうなんでしょう。これはみんな、シナモン村《むら》にさく花《はな》ね」

モモーヌがいうと、ピッチがいいました。

「なおすって、たのしいな。だってさ、さっきまでさみしそうだったまくが、どんどんきれいにうれしそうになるんだもの」

「そうすると、こんどはなおしているわたしたちが、どんどんうれしくなるのよね」

みんなは、うんうんとうなずきました。

「ねえピッチ。小《ちい》さい白《しろ》い花《はな》が下《した》のほうにたくさんあるけど、なんていう花《はな》？」

「スノードロップだよ。まだゆきがのこってるさむーい冬《ふゆ》に、いちばんに土《つち》からでてくる白《しろ》いかわいい花《はな》。春《はる》をよんでくる花《はな》よ」

「町《まち》にはさかなかったわ。この花《はな》は、ほんものをみてから、なおしましょうね」

モモーヌはいいました。

7　みどりのまくとクルミホール

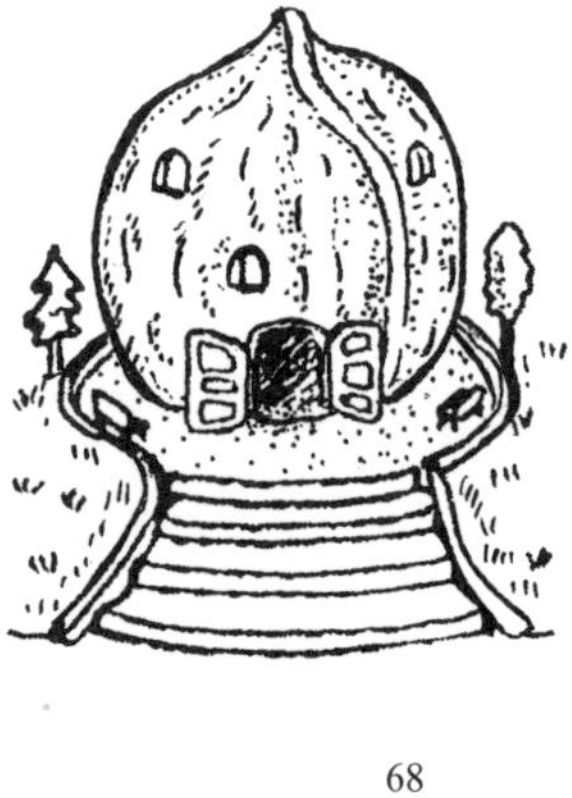

モモーヌは、まだゆきがのこっている小《ちい》さな中庭《なかにわ》に、ともだちをよぶことにしました。それはとてもうれしいことがおこったからでした。スノードロップが中庭《なかにわ》にたくさんみどりのめをだし、かわいい白《しろ》い花《はな》をさかせたのです。モモーヌたちは、中庭《なかにわ》にさいたスノードロップをみて、クルミホールのまくをしあげました。まくは中庭《なかにわ》の北《きた》がわにひもをわたしてかけました。まくの下《した》のほうには、ししゅうのスノードロップがさき、その下《した》にはほんもののスノードロップがさいています。

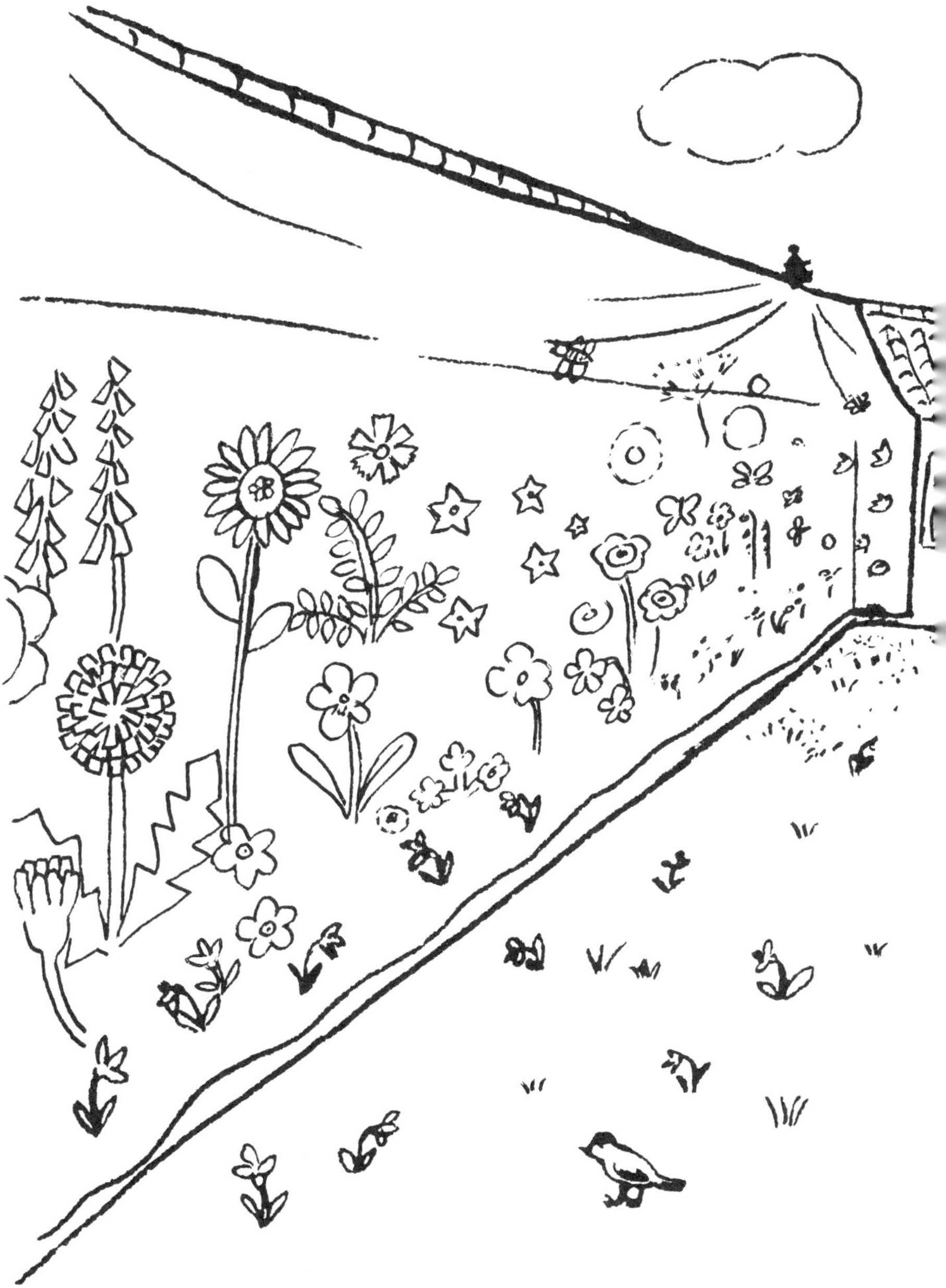

「わー、きれいなまく。よくできたねえ」

ピッチは、うれしそうにわらいました。

そして、おきゃくさんがやってきました。モモーヌのようふくなおしのみせにはじめてきてくれたひぐまのルルが、ピンクのワンピースとオーバーをきて、やってきました。ジルおじいさんは、ウールのオーバーをきて、やってきました。ロッコのおかあさんも、スミレのカーディガンをきて、やってきました。そしてさいごに、村長《そんちょう》のルーナさんがきました。ルーナさんは、まくをみて、おおよろこびしました。

「やあ、おどろいた。中庭《なかにわ》にもまくにもスノードロップがさいている。ああ、こんなにいいまくだったんですねえ」

「みなさん。あたたかいおちゃとおかしをどうぞ」

ピッチがいいました。ロッコとキアラも、したくをてつだいました。

なまりのおもちゃと金《きん》の星《ほし》を、テーブルのまんなかにかざり、おちゃとおかしをならべました。おかしは、ジルおじいさんのおみせの、木《き》イチゴやリンゴやブルーベリーのジャムや木《き》のみのハチミツづけをつかった、いろいろなパウンドケーキです。おちゃは、ショウガとシナモンとハチミツいりのミルクティーと、赤《あか》い木《き》のみのおちゃです。

モモーヌは、ううんと小《ちい》さくせきばらいをして、はなしはじめました。

「おもいもかけず、スノードロップが、中庭《なかにわ》にたくさんさきました。それで、みなさんをおよびして、おれいをすることにしました。町《まち》でしごとをなくしてから、わたしは、いらなくなったおはりこでした。でも、このシナモン村《むら》にきて、ようふくなおしのしごとをはじめたら、みんなとてもよろこんでくれました。それが、こころからうれしかった。ほんとうに、ありがとう。さあ、めしあがってください」

ぱちぱちぱちぱちぱち。みんながはくしゅをしました。それから、それぞれがきているオーバーやカーディガンにそっとさわりました。それはみんなモモーヌがなおしたふくでした。モモーヌはうれしくなって、「きれいなまくをみていたら、うたをうたいたくなりました」と、まくのまえでうたいだしました。

たいせつな　ようふくなおします♩

ふくを　たいせつにすると♪
こんどは　ふくが　あなたを♩
やさしく　つつんでくれますよ♩

ぱちぱちぱちぱちぱち。みんながもっと、大《おお》きくはくしゅをしました。

すると、ジルおじいさんがいいました。

「ひとつしかないようふくを、ていねいになおして、たいせつにきていると、ひとつしかないからだを、たいせつにしていきることが、うまくなるんだ。ふしぎだね」

たのしいおちゃのじかんがすぎ、ゆうぐれになりました。くもってきて、空《そら》には星《ほし》も月《つき》もみえませんでした。でも、モモーヌのいえには、いつも月《つき》と星《ほし》がひかっていました。やねにかかった金《きん》のくびかざりの月《つき》と、金《きん》の星《ほし》があるからです。

モモーヌは、やねの月《つき》をみあげ、それから、テーブルの上《うえ》の金《きん》の星《ほし》を、てのひらにのせました。

「おいしいおちゃとおかしと、たのしいひとときをありがとう。さあ、クルミホールのまくをもってかえります」

ルーナさんがせきをたって、さげていたまくをおろしました。

「そうだ、みんなでクルミホールにいきましょうか」

「わーい。いこういこう、みんなでいこう」

ピッチはうれしくなって、中庭《なかにわ》をくるくるはしりまわりました。

ちゃいろいクルミホールは、ほんとうにクルミにそっくりで、そとも中《なか》もぴかぴかにみがかれていました。

クルミホールには、きれいになったまくをみようと、シナモン村《むら》のみんながあつまってきました。

まくがぶたいにかけられると、はくしゅがおこりました。

みどりいろのまくは、バラやスミレやタンポポやスイセンや、ヒマワリやコスモスやスノードロップや、それはたくさんの花《はな》でいっぱいでした。ちょうちょやはちもとんでいて、そとはまださむい冬《ふゆ》なのに、ここだけが春《はる》になったようでした。

それから、子《こ》どもたちがタンバリンやトライアングルをならし、村《そん》長《ちょう》さんがギターをひいて、みんなでたのしくにぎやかに、うたをうたいました。

モモーヌは、小《ちい》さなこえでそっといいました。

「シナモン村《むら》にきて、ほんとうによかったわ」

片山令子

1949年、群馬県生まれ。詩人、作家。

絵本に『もりのてがみ』『たのしいふゆごもり』『おつきさまこっちむいて』（以上福音館書店）
『ねむねむくんとねむねむさん』（のら書店）「のうさぎのおはなしえほん」シリーズ（ビリケン出版）
『マルマくんかえるになる』（ブロンズ新社）『ちいさなともだち』（そうえん社）、
詩集に『雪とケーキ』（村松書館）、詩画集に『ブリキの音符』（アートン新社）などがある。

さとうあや

1968年千葉県生まれ。画家。

挿絵に『バレエをおどりたかった馬』「ネコのタクシー」シリーズ『おばけのおーちゃん』
『ケイゾウさんは四月がきらいです。』『ゆかいな農場』『おばけのクリリン』（以上福音館書店）
「ピピンとトムトム」シリーズ『ドレミファ荘のジジルさん』（以上理論社）
『ともだち』（偕成社）『セロ弾きのゴーシュ』（三起商行）などがある。

※この作品は、「母の友（2010年11月号）」（福音館書店）に掲載された物語を加筆・修正し、
新たに書きおろしを加え、絵を描きおろしたものです。

ようふくなおしのモモーヌ

2015年2月25日 初版発行

作者…片山令子

画家…さとうあや

装丁…タカハシデザイン室

発行…のら書店

編集…鈴木加奈子

東京都千代田区富士見2-3-27 ハーモニ別館102号

電話 03-3261-2604　FAX 03-3261-6112

http://www.norashoten.co.jp

印刷…精興社

NDC913 79p 22cm ISBN978-4-905015-18-5